TEA PARTY WONDERLAND

UN GOÛTER AU PAYS DES MERVEILLES

Dora loves reading to Boots and the kitties. They are reading *Alice in Wonderland*.

Dora aime faire la lecture à Babouche et aux chatons. Ils lisent l'histoire *d'Alice au Pays des Merveilles*.

Knock, knock!
No one is at the door.

Toc toc toc !
Il n'y a personne à la porte.

Knock, knock!
No one is at the window.

Toc toc toc !
Il n'y a personne à la fenêtre.

Knock, knock!

It is the mirror! The mirror is magic!
The kitties jump into the mirror.

Toc toc toc !

C'est le miroir ! Le miroir est magique !
Les chatons sautent dans le miroir.

They chase a rabbit into Wonderland. "Hurry! The Queen is waiting at her tea party," says the rabbit.

Ils poursuivent un lapin dans le Pays des Merveilles. « Vite ! La reine attend pour le goûter », dit le lapin.

Dora and Boots must find the kitties.
They follow them into the mirror.

Dora et Babouche doivent retrouver les
chatons. Il les suivent dans le miroir.

Dora and Boots are in Wonderland!
The kitties are still chasing the rabbit.
They go down a rabbit hole. But Dora and
Boots are too big to follow!

Dora et Babouche sont au Pays des Merveilles. Les chatons sont toujours à la poursuite du lapin. Ils descendent dans un terrier. Mais Dora et Babouche sont trop gros pour les suivre !

Map can help. Dora and Boots need to sail to the giant trees, pass the tiny animals, and go through a forest.

La Carte peut aider. Dora et Babouche doivent naviguer jusqu'aux arbres géants, dépasser les animaux miniatures, et traverser la forêt.

They need a boat. The Mad Hatter can help. He makes magical hats.

Ils ont besoin d'un bateau. Le Chapelier Fou peut aider. Il fabrique des chapeaux magiques.

He turns a hat into a boat!

Il transforme un chapeau en bateau !

They sail away to the giant trees.

Ils naviguent vers les arbres géants.

How will Dora and Boots
get through the giant trees?

Comment Dora et Babouche
traverseront-ils les arbres géants ?

They reach and swing from vine to vine. They make it through the maze of trees!

Ils tendent la main et sautent de liane en liane. Ils réussissent à traverser le labyrinthe d'arbres !

They meet a Bandersnatch.
He has hurt his toes. Dora
gives him bandages.

Ils rencontrent un Bandersnatch.
Il s'est fait mal aux orteils. Dora
lui applique des bandages.

The Bandersnatch thanks them with a ride. They must find the tea party and the kitties.

Le Bandersnatch les remercie en les transportant sur son dos. Ils doivent rejoindre le goûter et les chatons.

Tiny animals block the way. "Can we pass by?" Dora asks. The animals make way for Dora and Boots.

Des animaux miniatures bloquent le chemin. « Pouvons-nous passer ? » demande Dora. Les animaux se séparent pour laisser la place à Dora et Babouche.

They still need to find the kitties.
They head to the forest.

Ils doivent toujours retrouver les chatons.
Ils se rendent à la forêt.

In the forest, people lose their memories. They forget who they are and where they are going.

Dans la forêt, les gens perdent la mémoire. Ils oublient qui ils sont et où ils vont.

A fluffy cat warns Dora
and Boots to remember.

Un chat joufflu avertit Dora et
Babouche de ne pas oublier.

They sing a song. It helps them remember. "Dora, Boots, kitties, tea party." They sing it over and over.

Ils chantent une chanson. Elle les aide à ne pas oublier. « Dora, Babouche, Chatons, Goûter. » Ils la chantent encore et encore.

The song works! Dora and Boots do not forget. The forest door opens.

La chanson fonctionne ! Dora et Babouche n'oublient rien. La porte de la forêt s'ouvre.

They find the tea party! But they must watch out for the Queen! She is mean!

Ils trouvent le goûter ! Mais ils doivent se méfier de la reine ! Elle est méchante !

The rabbit arrives with the kitties.
He has the Queen's tarts. The
Knave of Hearts wants to swipe
them. Dora stops him.

Le lapin arrive avec les chatons.
Il tient les tartelettes de la reine.
Le valet de cœur veut les chiper.
Dora l'en empêche.

Everyone cheers for Dora except the Queen.

Tout le monde acclame Dora sauf la reine.

Dora tells the Queen about the helpful friends in Wonderland. The Queen agrees to be kind.

Dora raconte à la reine comment ses amis l'ont aidée dans le Pays des Merveilles. La reine accepte d'être gentille.

Tarts for everyone!
Des tartelettes pour tout le monde !